Edition : Books on Demand,
12/14 rond-Point des Champs-Elysées, 75008 Paris
Impression : BoD - Books on Demand, Norderstedt, Allemagne
Dépôt légal : février 2021

Love & caetera

DE LA MÊME AUTEURE

ROMANS
☆ *Dans mon cœur chantent les étoiles*
juin 2020, BoD

☆ *J'avais prévu autre chose...*
novembre 2018, ebook Librinova et mai 2019, broché BoD.

NOUVELLES
☆ *J'ai toujours rêvé*
août 2019, BoD.

DÉVELOPPEMENT PERSONNEL

Carnets pratiques *12 mois pour moi*, 2020
☆ *Janvier : Célébrer le nouveau*
☆ *Février : Je M'aime !*
☆ *Mars : Bas les Masques !*
☆ *Avril : Ma petite voix intérieure*
☆ *Mai : Nettoyage de printemps*
☆ *Été : Mes vacances Zen*
☆ *Septembre : Ma rentrée Zen*
☆ *Octobre : Bonne nuit*
☆ *Novembre : Même pas peur !*
☆ *Décembre : Ma liste au Père Noël*

www.cecileblanche.com

CÉCILE BLANCHE

*L'amour n'a pas d'âge, l'amour est éternel,
l'amour est partout…*

NOUVELLES ROMANTIQUES

© Cécile Blanche, Saint Valentin février 2021.

Tous droits réservés. Le Code de la propriété intellectuelle interdit les copies ou reproductions destinées à une utilisation collective. Toute représentation ou reproduction intégrale ou partielle faite par quelque procédé que ce soit, sans le consentement de l'auteure ou de ses ayants cause, est illicite et constitue une contrefaçon sanctionnée par les articles L335-2 et suivants du Code de la propriété intellectuelle.

Ceci est une œuvre de fiction. Les personnages et les situations décrits dans ce livre sont purement imaginaires : toute ressemblance avec des personnages ou des événements existants ou ayant existé ne serait que pure coïncidence.

Le visuel de couverture est reproduit avec l'aimable autorisation de : © Cécile Blanche
Photo : Pixabay/Free-Photos
Conception graphique : © Cécile Blanche
Fonts : Georgia, Cabin Sketch Regular, Bebas Neue, Clicker Script, Lemon Tuesday, Selima.
Tous droits réservés

ISBN : 9782322217243

Le verbe aimer est difficile à conjuguer : son passé n'est pas simple, son présent n'est qu'indicatif et son futur est toujours conditionnel.

Jean Cocteau

*La vie, c'est des étapes.
La plus douce, c'est l'amour,
La plus dure, c'est la séparation,
La plus pénible, c'est les adieux,
La plus belle, c'est les retrouvailles*

Auteur inconnu

Mon adorée, pour nous, vieillir, c'est rajeunir. Nos coeurs se renouvellent et recommencent. Sous nos cheveux blancs, nous avons un amour Printemps. Je t'aime !

Victor Hugo

À toutes ces comédies romantiques qui m'ont fait aimer l'amour.

Et à toi mon Amour, évidemment.

Souviens-toi

Souviens-toi de la sensation du sable mouillé qui s'enfonce sous tes pieds nus.

Souviens-toi de cette musique sur laquelle nous avions dansé toute la nuit.

Souviens-toi de nos dimanches, comme des chats au soleil.

Souviens-toi de ta gourmandise qui nous réveillait en pleine nuit.

Souviens-toi de nos rires sur la route des vacances.

Souviens-toi de ces blagues qui ne font rire que nous.

Souviens-toi de nos larmes qui disent je t'aime.

Souviens-toi de mes caresses, de mes mots doux.

Souviens-toi de m'aimer jusqu'au bout. Quand tu oublieras tout mon amour, s'il te plaît, souviens-toi de nous.

Ils vécurent heureux et eurent beaucoup de souris

♥

Tout a commencé avec une souris. Si on m'avait dit qu'un jour, j'associerais mon bonheur à une souris… Pourtant, c'est bel et bien ce qui s'est passé ce vendredi vingt-cinq février 2005. J'adore les histoires qui finissent bien.

J'avais commencé à travailler chez Airbus deux semaines seulement auparavant. Par conséquent, j'étais encore sur la réserve avec la plupart de mes collègues ; certaines m'avaient de toute façon déjà fait clairement comprendre qu'on ne deviendrait jamais proches. Au moins, pas d'attente, pas de déception !

Pourtant, des attentes dans la vie, je ne pouvais m'empêcher d'en avoir. C'était plus fort que moi ! Par exemple, malgré de multiples déceptions amoureuses, je continuais à espérer qu'un jour, je rencontrerais un homme avec qui je serais heureuse et qui serait gentil et honnête avec moi. *Ils vécurent enfants et firent beaucoup d'heureux.* Telle était ma devise !

J'étais arrivée très tôt ce vendredi-là sur le parking d'Airbus parce que je voulais être sûre de pouvoir me garer pas trop loin et d'avoir la photocopieuse pour moi toute seule. J'avais saisi la stratégie à adopter : arriver avant la horde de secrétaires. Celles-là mêmes qui bouclaient tout au plus vite pour partir avant l'heure de pointe sur la rocade et courir se réfugier dans leur résidence secondaire d'Arcachon ou de Vieux-Boucau. Je me trimballais donc avec une pile de gros classeurs d'un côté et ma housse d'ordinateur de l'autre, à l'épaule, dans ce couloir interminable qui menait à l'open space dans lequel se trouvait mon mini bureau quand le drame arriva : ma sacoche glissa de mon épaule. En voulant la rattraper, ma pile de dossier m'échappa, tomba à terre, éparpillant tous les documents glissés à la hâte dans la poche extérieure. Et le bouquet final, messieurs-dames ? La souris de mon ordinateur qui vint s'exploser en morceaux après avoir rebondi comme un jouet pour chat sur le lino gris souris du couloir.

Je ne pus empêcher un cri et me jetai au sol afin de réparer les dégâts. Je crus sentir une présence, levai la tête en reniflant les larmes aux yeux et vis l'assistant du boss, à l'autre bout du couloir. Il s'avança et vint m'aider à contenir et ordonner cette marée de papier. Son regard tomba sur *feu* la souris. Il prit le plus gros morceau et déclara :

— Je crois qu'en dix ans de métier, je n'ai jamais vu une souris dans un tel état. Chapeau ! Quel est votre secret ? Un tir lifté, comme au tennis ?

Je crus d'abord qu'il se payait ma tête et me retins de répondre avec la repartie qui me caractérisait en temps normal. Seulement, *en temps normal* justement, l'assistant du boss – on m'avait prévenue – pouvait aussi bien vous offrir le sésame que la mise en quarantaine du royaume des dieux. Donc – à tout bien réfléchi – je ne tenais pas tant que ça à mon ego et pouvais bien pour une *toute petite fois* m'asseoir dessus et lui ordonner de se la boucler !

— Comment puis-je vous aider, Clémence ?

J'étais bien tentée de me pincer ! Non seulement l'assistant du boss était gentil *mais* il connaissait mon prénom ! Le sien était Clément. Presque cocasse...

— Eh bien, c'est-à-dire que j'ai cette présentation dans une heure et je voulais faire des photocopies avant que...

— ... les autres pétasses n'arrivent et n'annexent la machine, c'est bien ça ?

— Euh, je ne l'aurais pas forcément formulé ainsi mais... oui ! C'est exactement ce que j'avais prévu. Seulement, maintenant que j'ai explosé ma souris, j'ai pulvérisé avec elle toutes mes chances de pouvoir faire cette présentation puisque mon laptop ne fonctionne plus sans elle... Et si je ne peux pas faire cette présentation, c'est vraiment la cata ! Et avec cette – *soupir bref* – Amélie qui rêve de me voir me casser la figure... Elle va en avoir pour son argent. Il ne lui manquera plus que le pop-corn pour se régaler de ma défaite !

J'avais dit tout ça très vite.

— Amélie ?

— Oui...

— Cette pétasse d'Amélie, vous voulez dire ? Pff... Inoffensive ! Un petit roquet qui aboie mais qui a trop peur pour mordre. Surtout que le boss vous a à la bonne...

— Ah. Vous croyez ?

— Oui, et moi aussi d'ailleurs, ajouta-t-il avec un clin d'œil.

Il se releva, me tendit la main, lissa machinalement le pli de ma veste et enchaîna :

— Bon, suivez-moi !

Arrivé à son poste, il contourna son bureau et en ouvrit le premier tiroir.

— Moi aussi, j'ai cassé ma souris un jour. Un jour crucial, bien évidemment. C'était ma première semaine ici. Depuis, j'en ai toujours une de rechange.

Il me la tendit en souriant. Je m'en saisis en pleurant.

— Si on m'avait dit que je ferai un jour pleurer une femme en lui offrant une souris... Et que diriez-vous si je vous offrais un verre ce soir ? Histoire de conjurer la malédiction et le triste sort des souris chez Airbus ?

Cette fois-ci, je lui offris mon plus beau sourire.

— Je prends ça pour un oui ?

— Oui, Clément, vous pouvez prendre ça pour un grand OUI, même.

Je savais que c'était bon. J'avais perdu ma souris mais j'avais trouvé cet homme gentil, honnête et profondément humain avec qui je pourrai collectionner les fous rires, les enfants et... pourquoi pas, les souris ?

Des ronds sur ses i

♥

Je reçus une lettre de cette femme que je suivais en séance depuis deux ans maintenant. Je fus surprise de découvrir que, à l'instar des jeunes adolescentes, Madame Beissard formait des ronds au-dessus de ses i. J'avais du mal à imaginer que cette femme âgée de soixante-dix ans passés avait un jour pu porter les hommes en adoration et le consigner dans ses petits carnets à spirales, tant elle jurait les détester aujourd'hui, lors de nos séances.

Il faut croire qu'elle avait enterré loin derrière l'époque où elle croyait encore à l'amour, tellement loin que ces coquetteries en étaient les seuls vestiges. Elle s'était usée l'amour, confessait-elle, avec pas moins de trois maris, cinq enfants pour finir par refuser de s'occuper de leur propre descendance. Le *Chacun sa croix*, déclaré à l'arrivée du puîné, ne laissait aucune place à l'ambiguïté. Pour écrire un point final à ses résolutions, elle avait quitté le Nord pour le Sud-Ouest et mis autant de kilomètres que possible entre elle et cette trop grande famille.

Elle s'était retrouvée à Hendaye,

presque par hasard. Je me la représentais aisément, jouant à fermer les yeux, poser le doigt sur la carte et découvrir, amusée, ce que le destin aurait décidé pour elle. N'importe où, droit devant, pourvu qu'il y ait la mer. Elle était attirée par l'eau autant que les papillons de nuit par la lumière, irrépressiblement. Une vague et un souvenir chassant l'autre, inlassablement. Tout était voué à finir et disparaître puis se renouveler. Elle aimait se perdre dans ce mouvement réconfortant : la respiration du monde. Elle imaginait le soleil tirant l'océan vers lui comme on ramène un drap sur soi. Elle aimait ce moment où la nature se laisse glisser sous un ciel étoilé, peuplé de souhaits d'enfants rieurs. Ma patiente avait perdu le sommeil depuis fort longtemps.

Comme tous les insomniaques, Nadine – c'était son prénom – se levait tôt chaque matin et se consolait d'une nuit trop courte dans les bras du soleil naissant. Ils se retrouvaient, fidèles, sur sa terrasse, ses mains entourant une tasse de thé fumant, dans la torpeur du petit jour. Elle fumait – beaucoup... trop ! – des Chesterfield. J'acceptais qu'elle fume dans mon cabinet. Elle dessinait par moments des anneaux avec sa fumée. Ces volutes conféraient à nos séances une ambiance de conseil de sages et cela me divertissait beaucoup. Elle avouait fumer toujours les mêmes cigarettes depuis l'adolescence, époque enchantée des premiers émois et des premiers arrondis sur les i, sans doute. Depuis, les hommes avaient meurtri tour à tour son corps et son cœur. Les uns en voulant à sa vertu, les autres à sa fortune. Le tabac était resté, lien réconfortant car intact.

Nadine venait d'une famille bourgeoise de Saint Quentin, dans l'Aisne. Elle était l'unique héritière de la famille Beissard qui possédait une bonne dizaine de magasins sur toute la côte d'Opale et autant dans les terres picardes. Aujourd'hui, elle vivait chichement autant par cupidité que par discrétion. Cependant, sa grande demeure en bord de plage avec balcon et terrasse en pierre sculptée ne savait mentir. Aussi, les notables de la ville avaient tenté au début de l'introduire dans leurs cercles. Elle avait éconduit chacun d'entre eux, comme on chasse les guêpes sur les tranches de melon et selon les principes que sa bonne éducation lui avait toujours dictés : diplomatie *et* fermeté.

Elle avait fini par leur préférer la compagnie des *petites gens*. Dans sa bouche, cette expression devenait affectueuse et touchante quand, dans d'autres, elle eût été condescendante et choquante. Aussi, elle aimait flâner entre les étals en fin de marché et aller boire des canons sur l'esplanade avec les maraîchers riant fort, pirates des temps nouveaux, sans autre but que de sentir la vie la traverser plus intensément.

De canon en canon, c'est tout naturellement qu'elle était tombée amoureuse de Gustave, le vendeur d'huîtres. Elle m'avait raconté ça comme une chute surprenante, un trou dans le sable qu'on n'aurait pu deviner avant d'y tomber. *Oups !* Elle semblait la première à s'en trouver divinement désorientée. Évidemment, semblables à toutes les amoureuses, cela la rendait resplendissante et désirable. Faut-il que la vie soit mal faite que lorsqu'on rêve à l'amour, notre teint se fane tandis qu'il éblouit quand l'amour nous éclaire. Ainsi, les femmes aimées restaient-elles convoitées pendant que celles qui en rêvaient demeureraient inaperçues.

Elle me décrivait son Gustave avec tant

de gourmandise en bouche, d'éclats dans la voix que je me le figurais comme un bouchon de campagne qui pète le plafond ou un feu d'artifice sous les lampions de juillet.

— Il a des mains, gloussait-elle, rougissante... Des mains fortes qui portent le monde, grignotent les montagnes et fabriquent des cascades. Quand elles me saisissent, c'est tout mon être qui chavire. Je me sens comme une enfant au manège avec lui. Je crie *arrête* ! Je crie *encore* ! Ses yeux n'ont pas d'âge, si vous pouviez les voir ! Il y croit encore à l'amour. Je l'y ai vu ! Dans ses prunelles scintillantes d'envie. En vie.

— Et vous, Nadine ? Vous y croyez, à l'amour ?

— Il m'a ranimé le cœur. Oui... Rencontrer Gustave, ce fut comme se croire condamnée et être graciée au moment de l'ultime bouffée de la dernière clope. *In extremis.*

Je songeais qu'il y avait décidément des détails qui n'en étaient pas. Les ronds romantiques sur les i de Nadine nous avaient prévenues toutes les deux mais nous n'avions su les reconnaître.

Depuis, je guette ces détails ravissants chez chacun de mes patients, à l'instar des enfants nez en l'air, qui attendent les hirondelles annonciatrices de printemps.

Cocher la bonne case

♥

C'est Noël. Comme chaque année, ma mère me demande si je viendrai seule et, comme chaque année, je réponds oui en soupirant. Non pas que je sois triste d'être célibataire mais plutôt lasse que ma mère me réduise à mon statut social : *mariée – en union libre – célibataire*. Veuillez cocher la bonne réponse. Au hasard, vous aurez compris quelle est la bonne case selon elle ! Elle est persuadée que si t'es célibataire, tu n'as forcément que des trucs *en moins*. Comme si on ne pouvait pas être heureuse toute seule, avec soi. Moi, je suis bien contente aujourd'hui d'être seule. Même si je n'aurais pas dit ça il y a trois ans quand Alex m'a lamentablement larguée par texto après cinq années de bons et loyaux services. *Amen*.

Je m'appelle Charlotte. J'ai trente ans. Je suis célibataire *et* heureuse. *Ainsi soit-il*.

Si je vis si bien mon célibat, c'est sans conteste grâce au concours précieux de ma colocataire adorée Julia. On est les deux *célibattantes* de la bande. À tel point que je pense que certaines estampillées *en couple* nous jalousent amplement mais ça, c'est bien trop dur à avouer pour elles... Je pense notamment – pour ne pas la citer – à Sophie qui vit en couple depuis huit ans avec Fred, avec qui elle a eu des jumeaux il y a deux ans. Pour eux, les gueules de bois passées à faire le zombie devant une série débile le dimanche ou encore mieux – soyons fous ! – en pleine semaine, c'est devenu une vie antérieure ! Ils ont toujours des tronches de zombies sept sur sept mais la faute aux cauchemars, aux gastros, aux angoisses et autres réjouissances de jeunes parents. Bienvenue dans la vie parentale. *Cochez la bonne case*, qu'y avaient dit ! Il y a aussi Cathy, seule avec ses deux fils et Isa, seule avec Gaël. Je dis *seule avec Gaël* car parfois, on peut être en couple avec la sensation désagréable de se coltiner les inconvénients sans pouvoir jouir des avantages. Du genre, tu loues un appart à la neige mais y'a pas de neige. Total : tu te tapes le coquet – traduction *minuscule* ! – petit chalet sans pouvoir glisser sur les pistes et revenir au bureau toute bronzée pour faire baver les collègues. Bah quoi ? C'est pas à ça que ça sert, les vacances au ski ?!

Bref ! C'est Noël et je vais encore devoir me tartiner la frangine et sa vie parfaite qui correspond en tout points à ce que la Reine Mère aurait rêvé d'avoir. *Comme de par hasard* ! Est-ce vraiment inévitable dans *toutes* les familles, le scénario de la bonne *fifille loyale* à papa et maman versus le *vilain petit canard* ?

Et puis, encore le calvaire des cadeaux avec la nouvelle lubie de madame parfaite pour le zéro déchet tandis que son mari rêve de s'acheter le dernier SUV toutes options de chez BM et leurs enfants chéris qui n'ont pas encore mué, pour mon plus grand malheur ! *Paix à mon âme.*

Me voilà donc en train d'errer dans un de ces magasins pour riches déguisés en saltimbanques avec jouets en bois, bijoux en bois et sourire en bois de la part de la vendeuse. *Aimable comme une porte de prison* lui va à ravir. Sale période pour ceux qui n'aiment pas la foule, *le prénoël.*

Plongée dans un livre sur les étoiles, je sursaute quand une voix masculine m'interpelle :

— Vous cherchez quelque chose de précis ?

Je lève les yeux et tombe sur le sosie de Bradley Cooper. J'ouvre la bouche pour répondre puis la referme quand je réalise que ça fait tellement longtemps qu'elle est ouverte que je sens carrément un courant d'air entre mes mâchoires ! Et soudain, je me retrouve comme si on m'avait parlé dans une autre langue. Je bugue !

Remarque, c'est Bradley, donc c'est on ne peut plus logique que je ne comprenne pas puisque je suis une bille en anglais...

On reste plantés là tous les deux. Il commence à me sourire en se passant la main dans les cheveux. Bon, le positif, c'est qu'il n'a pas vraiment l'air plus à l'aise que moi.

— Je suis désolée, je... En fait, je suis censée acheter des cadeaux pour la famille de ma sœur mais elle est zéro déchet ascendant bio version intégriste.

— Ah ouais, bonjour la pression !

— Ouais, le genre de situation où on rêverait d'avoir une gastro fulgurante pour le réveillon, histoire d'échapper à ça !

On se marre franchement. Il m'aide comme il peut avec la liste de ma sœur. Deux heures plus tard, j'ai bien avancé dans ma mission.

— Merci infiniment. Grâce à vous, je n'aurai pas à invoquer le dieu de la gastro ! *Halleluia !*

— Avec plaisir.

Je rêve ou il me fait son sourire qui tue, là ? Et il me regarde dans les yeux cette fois-ci ! *Oh My God !*

Et puis zut, c'est Noël après tout, je me lance :

— Pour vous remercier, je pourrais peut-être vous offrir un verre ?

— Avec plaisir.

S'il me dit encore *avec plaisir* une seule fois avec *ce* regard, je le viole sur le comptoir en bois zéro déchet !

— Je finis dans une heure, vous repassez me prendre ?

Le prendre. Je me surprends à rougir. Allez Chacha, ressaisis-toi, que diable ! Un peu de tenue !

— D'accord mais seulement si on se tutoie…

Non mais je rêve, c'est moi qui viens de dire ça ? Et avec cette voix de chatte en chaleur, en plus ? Ma parole, ça doit être tout ce bois autour, toutes ces énergies positives et naturelles qui ouvrent mes chakras ! Ça fait ressortir la femme sauvage cachée en moi. Et apparemment, elle n'a pas bouffé depuis un certain temps, la minette !

— Bien sûr et je te promets qu'on parlera d'autre chose que de jouets en bois. Je n'en parle jamais en dehors du travail, c'est un principe.

— Mince alors ! Moi qui avais encore tant de questions passionnantes à te poser sur le sujet !

— Oh, je suis sûr qu'on trouvera plein d'autres sujets passionnants...

Ah, ça oui... De toute façon, avec une voix pareille, il pourrait me lire le dictionnaire technique des plantes médicinales que ça me mettrait dans tous mes états quand même !

On s'est donc retrouvés une heure après. On a bu ce fameux verre. Puis un autre puis encore un autre. Jusqu'à ce que la nuit tombe et que le bar nous demande si on comptait rester dîner. On est restés. On a parlé de tout sauf des plantes médicinales. Il m'a expliqué qu'il bossait dans cette boutique pour payer son loyer mais que ce qui le passionnait dans la vie, c'était les gens et la musique. Il fait des études de musicothérapie. Je n'ai pas vu le temps passer ce soir-là ni ceux qui suivirent.

Et Noël est arrivé sans même que je l'aie entendu frapper à la porte. Noël est arrivé et – une fois n'est pas coutume – nous sommes le vingt-quatre décembre *et* je suis de merveilleuse humeur.

Nous sommes tous réunis dans le salon,

chez les parents. Je me régale les yeux à observer ma sœur qui elle-même bouffe des yeux le cadeau que papa Noël m'a apportée cette année.

Ma main à couper qu'elle aurait rêvé d'avoir le même que moi. Maman est aux anges. J'ai changé de case. La bonne, selon ses critères. J'avoue, la célibattante que j'étais il y a peu est fabuleusement comblée. Faut dire que c'est pas tous les jours qu'on fête Noël au bras de *Bradley Cooper*.

Leurs étoiles

♥

La photo était parfaite. Elle avait été prise par sa sœur June lors de leur dernier séjour chez elle à Orlando.

— Vous avez tous les deux les mêmes étoiles dans les yeux, avait-elle remarqué, visiblement envieuse.

Ben avait ces petites rides charmantes auréolant ses yeux verts. Joyeux guillemets témoins du bonheur déjà vécu. Anouk avait le teint de ceux qui vivent dans la lumière et le vent, au cœur de ce qui tourmente et vibre. Elle possédait des cheveux et yeux d'or et le sourire de ceux qui se fichent bien du hasard puisqu'il joue toujours pour eux, dans leur camp.

Cette photo était parfaite car ils ignoraient qu'on les épiait, que quelqu'un tentait de leur dérober ce secret, cette âme espiègle qu'ils exhibaient innocemment, repus de cet amour insouciant qui se sait éternel.

Ben et Anouk s'étaient rencontrés à San Francisco lors d'un spectacle de danse. Ben s'avoua de suite captivé par la présence d'Anouk sur scène bien qu'elle se tienne au fond. Il avait osé l'aborder après la fin du show et lui avait offert un verre tandis qu'elle riait bruyamment à ses blagues. Elle se rappelait comme c'était bon le goût de l'alcool dans sa bouche à lui. Chaud, sucré et doux. Ils avaient tout fait avec aividité. Ils avaient fait l'amour dans sa voiture, s'arrêtant en route alors qu'il la raccompagnait chez elle. Puis chez elle, jusqu'au petit matin. Ils s'étaient vus tous les jours, allant même acheter des rideaux ou un nouveau tapis de bain. Ils avaient dormi ensemble collés, toutes les nuits, presque toutes. Et fait l'amour, énormément, goulûment.

Ce soir-là, elle avait insisté mais il préférait qu'elle dorme chez elle.

— Tu as une répétition tôt demain et tu sais bien que si on dort ensemble, on ne saura pas être sages.

Il la fixait avec une intensité troublante. S'ils n'avaient pas été dans la rue, sur ce trottoir grouillant de monde, en pleine lumière, il l'aurait étreinte et entraînée à l'abri des regards et l'aurait dévorée. Cependant, il avait raison, elle devait partir et se coucher tôt si elle ne voulait pas gagner une entorse à deux semaines du spectacle. Elle paierait cher ce moment d'égarement passionné. Trop cher.

— Ce n'en sera que meilleur demain soir,

mon ange...

Ses mots résonnaient comme une promesse à son oreille. Elle s'en délectait déjà sur le chemin qui l'éloignait de sa gourmandise préférée.

Leur photo était parfaite. Elle envahissait l'espace de son écran de portable et la faisait sourire plusieurs fois par jour. La journée du lendemain se déroula avec fluidité, à l'image des pas cadencés, exécutés avec grâce par les membres de la troupe. Ben en avait de toute évidence profité pour rattraper lui aussi le retard de sommeil ; puisqu'elle tomba directement sur son répondeur quand elle l'appela pour lui souhaiter une belle journée. C'était une journée ensoleillée, éblouissante. Cette chaleur la consumait parfois. Ses origines d'europe de l'est se trouvaient malmenées par ce soleil trop cru, intrusif. Le contact du cuir de sa vieille Mustang sur ses cuisses nues le lui confirma : c'était parti pour être une journée caniculaire. Elle alluma la radio et la voix de la journaliste sembla s'adresser à elle en particulier : *C'est un nouveau record atteint pour cet été sur la côte ouest...*

La jeune femme s'en amusa un instant, éteignit le poste et composa le numéro de son âme-soeur, espérant secrètement qu'il soit réveillé pour pouvoir déjeuner ensemble. Elle avait prévu de lui proposer un brunch dans cette charmante brasserie française qu'ils aimaient tant, avec vue sur la baie.

Le répondeur de Ben l'invita une nouvelle fois à laisser un message.

Allez, Ben, vieille marmotte, c'est l'heure du brunch, j'ai trop faim et tu sais comme je peux être désagréable dans ces cas-là. Je passe chez moi prendre une douche et me faire belle. J'ai pensé qu'on pourrait allez chez Colette et ensuite, tu pourrais tenir ta promesse et m'inviter pour la sieste ? Allez, rappelle-moi. J'ai faim…de toi aussi ! Je t'aime !

Anouk se ravisa, tourna à droite au carrefour et décida que finalement, elle avait vraiment trop faim et pouvait tout aussi bien la prendre chez lui cette douche et même *avec* lui !

Arrivée sur Market Street, la circulation se densifia brusquement. Sans doute des travaux ou un accident. La chaleur avait certainement anesthésié un conducteur qui s'était endormi au volant de son pick-up, pensa-t-elle.

Elle eut à peine le temps d'entendre la

sirène caractéristique des Firefighters[1] et de décaler sa Mustang qu'elle perçut dans ses boucles le souffle chaud de l'air déplacé par leur passage en trombe. Elle atteignit finalement le bloc suivant pour constater que la police barrait l'accès à la rue de Ben.

— Ma parole, on teste ma patience aujourd'hui !

Elle s'engouffra in extremis dans une place sous le regard éberlué d'un vieux monsieur en camionnette. La jeune danseuse lui offrit son plus grand sourire en guise d'excuse et de remerciement, remis ses tongs à ses pieds et un trait de rouge à ses lèvres avant de trottiner gaiement vers son amour.

À mesure qu'elle remontait la rue Franklin, elle sentait des effluves piquantes lui attaquer les narines et les yeux. Elle remarqua alors loin devant, un nuage de fumée noire qui dessinait des formes rondes sombres, tranchant avec le bleu azur. Anouk songea que le ciel de San Francisco était rarement sombre, à l'instar de sa vie depuis qu'elle y vivait. *Pas une ombre au tableau*, disait-on.

Ce devait être un incendie important

---

[1] *Pompiers* aux États Unis

puisque plusieurs camions de pompiers se succédaient en enfilade sur la chaussée et que plusieurs badauds attroupés obstruaient toute la largeur des deux trottoirs jusqu'à déborder sur la voie de circulation. Anouk ne comprenait pas cet attrait du sordide dont les gens semblaient se repaître. Elle qui tournait systématiquement la tête si, d'aventure, elle croisait une zone d'accident de la route et qui frisait le malaise à la moindre prise de sang.

Stressée par tout ce raffut, elle prit en main son portable.

Bon, Ben, c'est encore moi ! Dis donc, y'a un de ces bazars dans ta rue, si tu n'étais pas en train de ronfler comme un cochon, tu serais déjà à ta fenêtre, en bonne concierge que tu es ! Bon, finalement je viens te réveiller...comme tu aimes. Veinard, va ! J'espère que je vais réuss...

Anouk lâcha son portable qui rebondit sur le sol avant de cracher ses boyaux jusque dans le caniveau. Elle prit soudain conscience de la provenance de la fumée : l'immeuble de Ben. Elle se mit à courir, s'arrêtant par moments, penchée en avant, les mains sur les cuisses, à bout de souffle, d'espoir. La panique étreignait sa cage thoracique. Ce ne pouvait pas être vrai. Elle avait mal vu. Et puis, ces immeubles se ressemblaient tous. Peut-être que... Pourtant, son cœur qui semblait vouloir bondir hors de sa poitrine, lui hurlait le contraire. Bien sûr que c'était *son* immeuble, sinon pourquoi son corps lui enverrait-il tous ces signaux d'alerte ? Elle arriva avec peine jusqu'au barrage de sécurité. Elle criait qu'ils la laissent passer, prête à griffer ou mordre quiconque se présenterait en travers de son passage. Un des policiers chargés de maintenir l'ordre et la sécurité des passants la serra fermement jusqu'à ce que ses nerfs retombent et que son corps cède. Elle se laissa glisser au sol, marionnette à qui on a coupé les fils. Elle, si coquette d'habitude, se moquait bien de l'état de sa jolie petite robe blanche à fleurs ou des griffures noires que son maquillage mouillé dessinait sur ses joues. Elle secouait la tête de gauche à droite, dernier refus dans la langue du corps, d'accepter ce qu'elle avait sous les yeux : un désastre. Sa vie réduite en cendres. Elle percevait des bribes de phrases, décousues : *une poche de gaz...ça arrive dans les vieux quartiers...on a entendu l'explosion cinq blocs plus loin...* Elle n'avait rien entendu, la radio puis Madonna lui braillant son *Holiday* dans les oreilles durant les derniers kilomètres. *C'est l'explosion qui a déclenché le feu au dernier étage.* Celui de Ben. Elle sentait son corps contre elle, leur passion, son rire, leur chance, leur amour, leurs étoiles. Un vertige.

Elle se souvint soudain combien elle avait insisté pour dormir ensemble, chez elle et comme il avait promis *demain, mon ange...* Un demain qui n'arriverait jamais. À jamais calciné, arraché à elle. *Il y a peu de chance qu'il y ait des survivants*, furent les derniers mots qu'Anouk entendit.

La pièce où elle se trouvait était d'un blanc violent tant il était lumineux. Elle ouvrit les paupières, portant la main devant son visage pour en atténuer l'intensité. Visiblement, elle se trouvait dans une chambre d'hôpital. Elle s'étira en soupirant, soulagée que tout ait l'air de fonctionner physiquement. Des flashs des dernières images imprimées dans sa rétine firent perler ses larmes et son corps se replia sur lui-même, instinctivement.

On frappa discrètement à la porte.

— Ah, mademoiselle, vous êtes réveillée. Quelle bonne nouvelle ! Comment vous sentez-vous ?

La voix douce et joyeuse de l'infirmière contrastait terriblement avec son état intérieur de fin du monde à elle. À l'image de ses derniers souvenirs. Les sanglots redoublèrent et son corps fut bientôt secoué de spasmes. La jeune femme s'approcha à grands pas et posa sa main sur la courbe de son dos.

— Là, que se passe-t-il ? Vous avez mal ? Vous souffrez ? Parlez - moi, mademoiselle...

— Non, je n'ai mal nulle part... Enfin, je ne suis pas blessée... Seulement... c'est mon compagnon... la rue Franklin... l'immeuble... l'explosion...

Faire une phrase, mettre toutes les pièces de ce funeste puzzle, le faire exister, était bien au-delà du peu de forces qu'il lui restait.

— Ah oui, nous avons admis plusieurs blessés en même temps que vous. On vous a trouvée, inconsciente sur le trottoir. Votre compagnon était dans cet immeuble, c'est ça ?

Anouk acquiessa.

— Quel est le nom de votre compagnon ?

— Ben. Je veux dire Benjamin Starck. Il habitait au dernier étage.

— Oui, nous l'avons admis en réanimation hier soir. Je me rappelle très bien.

Anouk essayait de déceler l'espoir dans les prunelles de cette jeune femme en blouse blanche. En vain. Elle dut alors se résoudre à formuler la question qu'elle redoutait de poser.

— Est-il...

— Son pronostic vital a été sérieusement engagé mais il s'est bien battu et désormais, il est hors de danger.

— Vous êtes sûre ?

— Absolument, déclara-t-elle en lui serrant la main avec un sourire sincère. Voulez-vous que je vous accompagne pour le voir ?

— Oui, j'aimerais tellement. Merci beaucoup.

Tandis qu'Anouk franchissait fébrilement les derniers mètres qui la séparait de son amour, elle se dit qu'elle avait beaucoup de chance, que la vie avait bien failli la lui ravir pour toujours, cette chance et qu'elle était prête à tout pour la cultiver et célébrer chaque jour de plus où elle la gardait auprès d'elle, comme une bonne amie. Oui, cette photo était parfaite. Mais l'avenir le serait d'autant plus qu'elle mesurait à présent combien ces jolies étoiles dans leurs yeux pouvaient bien vite filer, hors de leur ciel.

Il ne parlait pas trop

♥

Ça faisait cinq ans qu'on était dans la même classe. On traînait pas trop ensemble au collège car il était toujours avec ce relou de Yanis qui racontait des blagues sexistes pour énerver les filles. Lui, on l'entendait pas trop.
Cette année, Franck et moi, on s'était retrouvés le jour de la rentrée comme les deux derniers chatons de la portée. Orphelins. Nos potes respectifs, étaient tous partis soit dans le privé, soit en section pro. La loose ! Au début, c'était horrible, il parlait pas. Il savait seulement m'observer en souriant, et puis je me suis habituée. Finalement, c'était un peu comme avoir un chat. Tu lui parles, il t'écoute et, comme il ne répond rien, tu supposes qu'il est tout le temps d'accord avec toi, qu'il te soutient. Très vite, c'est devenu normal que Franck ne dise rien. Je me dis qu'on devait faire une drôle de paire, vus de l'extérieur : moi, la foldingue qui parle toute seule et lui, le muet souriant qui la suit ! On ne se voyait jamais en dehors des cours. Pourtant, quand il lui arrivait d'être absent, j'avais

un petit pincement et m'empressais de prendre des nouvelles par message, à la récré du matin.

Il m'apportait souvent des gâteaux. Son père était pâtissier. Le bol !! Moi, le mien était gendarme... Tu parles d'une poisse ! Déjà que les autres parents jouaient au flic, alors le mien, pas besoin de se forcer ! Une fois, Franck n'est pas venu pendant toute une semaine. Sa petite cousine lui avait refilé la varicelle. Quelle poisse ! Je ne sais pas pourquoi mais, cette fois-là, j'ai eu envie de le voir. J'ai prétexté, dans ma tête, de lui apporter les devoirs. J'ai mis mes nouvelles bottines rouges à talons et un peu d'eyeliner. Je suis passée par la boutique, pour ne pas l'embarrasser. Sa mère avait le même sourire que lui, timide au début et rayonnant sur la fin. Elle m'a conduite jusqu'à sa chambre. En y pénétrant, j'ai pris mon air désinvolte — celui que mon père détestait tant — et lui ai lancé une réplique du style :

— Je me suis dis que tu devais t'ennuyer, tout seul au milieu de tes gâteaux. Alors, je suis passée.

Il m'a contemplée. On aurait dit qu'il ne m'avait jamais vue avant. Je l'ai trouvé drôlement beau, tout à coup. Peut-être

que je ne l'avais jamais bien regardé, moi non plus...
Il n'a rien répondu. Il a fait son fameux sourire qui m'avait tant manqué, cette semaine.

Il s'est penché doucement, pour être sûr que mon corps lui dirait oui. Je me suis rapprochée, pour l'encourager et nos lèvres se sont jointes. Les siennes avaient un goût de miel et de cannelle. Quand j'ai rouvert les yeux, les siens étaient fiévreux. J'ai rougi comme s'ils venaient de me chuchoter des mots interdits. De ceux qu'on ne dit pas à la légère.
Au lieu de cela, il m'a dit bien mieux :

— Je ne pensais pas que ce soit possible de te trouver chaque jour de plus en plus belle. Comme le soleil qui se lève chaque matin et arrive, quand même encore, à nous surprendre par sa beauté inédite.

Que quelque chose lui arrive encore

♥

Depuis plusieurs jours, la plage était déserte. Mon moment préféré. Je pouvais de nouveau vivre les fenêtres ouvertes, déjeuner sur la terrasse face à *ma* plage. Les autres étaient tous repartis. Ils avaient emporté avec eux leur glacière, leur marmaille bruyante et leurs odeurs écœurantes de monoï et de beignet. Revenaient alors à mes narines, les effluves chéries des genêts sur les dunes mêlées à celle, délicieuse, de l'iode qui enveloppait tout ce qu'elle caressait.

C'est alors que je l'aperçus. Sur ma plage. Il marchait les yeux rivés au sol, petit poucet suivant sagement ses petits cailloux. Il semblait à peine un peu plus âgé que moi, la petite soixante tout au plus.

Il portait de larges épaules recouvertes d'une chemise bleue ciel sur lesquelles il avait jeté un chandail bleu marine, un pantalon beige retroussé à mi-mollets, les mains abandonnées au fond des poches. Ses cheveux blancs un peu fous lui dessinaient des airs d'écrivain rêveur. Je me dis que j'étais une grande romantique, une amoureuse de l'amour. Je tombais en amour plusieurs fois par jour, une sorte de passe-temps délicieux. Éternel et éphémère. Mais là, ce fut différent, impérieux. À présent, je sentais l'endroit précis où la flèche s'était amarrée à ma poitrine. À dire vrai, je rêvais d'être l'ancre ou le port d'un homme. La destination pour laquelle il renoncerait à d'autres départs, d'autres inconnues. Lui donner l'envie de rester, se suffire l'un de l'autre. Pour toujours. Je commençais à rêver à ce bel inconnu, à sa démarche sensuelle tandis qu'il offrait son regard à l'horizon, juste sous mes fenêtres. À croire qu'il me devinait dans son dos et s'en délectait. Un dos large aux épaules mais fin à la taille. Je songeais en souriant à la chanson de Diane Tell et m'imaginais lui faire l'amour sur la plage. Nous resterions ensemble pour toujours dans une béatitude insupportable pour les autres. Et je jouirais de leur cracher enfin mon bonheur à la figure.

Il y avait ce jour-là une présence persistante de l'humidité. Tout à coup, je ressentais cette moiteur en moi, provoquée par ce dos, cette posture d'aventurier cherchant au loin sa prochaine quête. J'avais envie de lui crier :

— Viens ! Ne cherche plus ! Je suis là...
C'est moi ton prochain voyage. Je suis à
toi... Prends-moi !

Il se retourna prestement. À tel point
que je crus avoir pensé trop fort. Je rougis.
Il commença à avancer vers moi sans
regarder dans ma direction et continua à
admirer les trésors échoués au gré des
courants. Il scruta ensuite la digue au loin
et je pris conscience que j'avais cessé de
respirer. Je lui appartenais donc déjà, en
suspens.

Je le détaillais à loisir tandis qu'il
demeurait captivé par ce qui représentait
mon paysage quotidien. Il avait les traits
fins, des yeux clairs, que je souhaitais
assortis à la mer un jour d'orage. Ma
couleur préférée désormais. Il avait le
teint hâlé, de ceux qui vivent dans le vent
et ont maintes fois goûté aux intempéries
de la vie. Toute une histoire au creux de
ces lignes autour des yeux, sur ce front. J'y
lisais ses réflexions, inquiétudes,
étonnements mais aussi ses
émerveillements et ses éclats de rire. Il
avait l'air d'attendre que quelque chose lui
arrive encore. Quelque chose ou
quelqu'un ?

Je suivis la direction de son regard et
c'est alors que je la vis. Elle. Elle était

grande, fine et sensiblement plus jeune que moi. Moins marquée par les tempêtes, sans doute. Le sourire insolent qu'elle offrait aux mouettes et aux nuages épars dans le ciel laissait deviner qu'elle avait eu mille occasions de s'émerveiller puisqu'elle savait encore le faire. Je la détestai instantanément. Elle portait une robe longue et fluide, probablement en lin. Une nymphe celte dont les longs cheveux blonds platine sautillaient derrière elle.

Il se rapprocha de la digue. Mon cœur était au supplice. Je pouvais y sentir l'ancre me meurtrir en tentant de s'en extirper. Ce regard, qu'il destinait à une autre, c'était tellement pire que de ne pas me le donner. Il monta les marches en pierre, penché en avant, soudain fatigué. L'émotion de la retrouver sans doute, me dis-je. Il releva la tête, arrivé en haut de la toute dernière marche. Il planta ses yeux dans les miens. C'est alors que je sus. Nos regards brûlants dans un silence entendu et aussi les ailes vibrantes des papillons sur mes lèvres, mon cœur, mon ventre. La flèche était bel et bien ancrée, de part et d'autre.

Il m'offrit un sourire qui disait *j'arrive* et passa enfin le portillon blanc de mon jardin, dernier barrage à notre amour.

Sauvetage

Sarah se dandinait sur la piste de danse avec sa copine Charlotte. Tous les vendredis soirs, elles allaient ensemble au Stromboli. Enfin, depuis que l'autre l'avait quittée pour une pétasse plus jeune et moins intelligente. Charlotte l'avait traînée de force au début mais elle avait fini par y prendre goût jusqu'à devenir le rituel incontournable de fin de semaine. Charlotte persistait à espérer rencontrer le prince charmant et, presque chaque semaine, elle repartait avec un charmant connard à la place. C'est Einstein qui dit qu'il faut être fou pour faire toujours les mêmes choix et en attendre des conséquences différentes. Cet adage résume assez bien la mentalité de Charlotte.

Sarah, quant à elle, a arrêté d'y croire le jour où elle a surpris l'autre en train de galocher une bimbo ravalée sur trois couches. Ce soir, elle avait pourtant une sorte de pressentiment inédit. Charlotte lui aurait dit *this is your night tonight* si elle n'avait pas décidé de se garder cette impression pour elle toute seule. Cette dernière était d'ailleurs déjà partie depuis une bonne demie-heure avec un grand brun type talonneur ou pilier en direction du bar et n'était jamais reparue. On était au mois de mai et les groupes d'EVG[2] inondaient la boîte. Ils étaient repérables à vingt mille avec leurs T-shirts à l'effigie du pauvre malheureux déguisé en Madonna ou en licorne, quand ce n'était pas les deux !

Sarah progressait les bras en l'air, tout en continuant à danser afin de se glisser tout en douceur vers le comptoir. Elle se colla au bar, posa son verre plus violemment qu'elle ne l'aurait souhaité et sentit un regard peser sur elle. Elle tourna la tête, faisant mine de chercher quelqu'un et croisa le regard sans détour d'un homme charmant – prince ou non – qui lui offrit un sourire engageant. Il se laissa glisser à son tour le long du zinc et se pencha vers son oreille :

— Tu cherches quelqu'un ?

— Non, pas vraiment. Je pense que ma copine a dû partir avec quelqu'un, elle, par contre.

— Tu te retrouves toute seule alors ?

— Oui. Mais *I will survive !* sourit-elle.

---

[2] Enterrement de Vie de Garçon

— Oui, tu m'as l'air d'être une grande fille, confirma-t-il.

Son regard se fit plus intense.

— Et toi ? Tu es avec ta meute ? ironisa-t-elle, pointant du doigt le motif de son t-shirt.

— Oui, je déteste ça mais j'adore Fred... Je ne pouvais quand même pas dire non. On est de la même brigade depuis dix ans maintenant. À vrai dire, on a commencé en même temps, ça crée des liens.

Il regarde vers la piste .

— Je dois y aller, ils m'attendent pour le dernier défi : Fred doit faire un strip-tease sur la scène.

— Ah ouais, carrément ! glousse-t-elle.

— Comme tu dis !

Il lève les yeux au ciel.

— Bonne soirée, c'était vraiment un plaisir de parler avec toi.

Sarah était dépitée. Pourquoi fallait-il que la seule fois où un mec lui plaisait, ce soit *aussi* l'unique fois où on ne lui demandait pas son numéro de portable ?

Charlotte était du genre à noter son numéro au bic sur l'avant-bras de sa future conquête, Sarah n'avait pas cette audace. Elle avait beau prétendre ne plus y croire, sa culture bien ancrée du conte de fée où l'homme faisait la cour à sa dame l'empêchait de s'affranchir des vieux codes de séduction. Sarah ne draguait pas, jamais : elle se *laissait draguer*.

Les semaines suivantes, elle repensa souvent à ce bel inconnu. Elle ne connaissait même pas son prénom. Qu'en aurait-elle fait, de toute façon ? Il fallait bien qu'elle le confesse, chaque vendredi soir au Stromboli, elle avait espéré l'y revoir, en vain. Ce n'était de toute évidence pas un habitué des boîtes de nuit. Du moins, de celle-ci.

Elle était de plus en plus distraite au travail. Elle était même arrivée à une visite d'appartement et s'était aperçue face au client agacé qu'elle avait oublié les clés dudit logement à l'agence. Soit à trente minutes du lieu de rendez-vous. Aussi, elle n'était pas mécontente que la journée se termine enfin.

Sarah rentrait en vélo la plupart du temps, l'été avait décidé de s'installer pour de bon dans sa ville rose, pour son plus grand bonheur. Elle aimait sentir les odeurs des acacias en fleurs, le vent chahuter ses cheveux et cette sensation de glisser dans sa vie. Elle retrouvait alors la légèreté des enfants qui ne prennent pas grand chose au sérieux et se régalait de ces instants volés d'exquise insouciance.

Ce soir-là, elle fut de courte durée puisque c'est le moment que Pilou choisit pour jouer les aventuriers. Pilou, c'était le chat de madame Coutens, Martine, sa gentille voisine. L'inconvénient avec les gens gentils et serviables, c'est qu'on ne peut jamais leur dire non quand ils vous demandent quelque chose. Pour la bonne et simple raison qu'eux, ne le disent jamais. Alors, à chaque fois que Martine partait chez son fils en Bretagne, Sarah gardait Pilou. Comme elle s'y était attachée, quand le matou faisait des siennes, c'était automatiquement Sarah que sa vieille voisine appelait à la rescousse. Seulement, cette fois-ci, il avait grimpé bien plus haut que d'habitude dans le cerisier du square de la colombe, en face de leur immeuble.

— C'est qu'il a vu un oiseau et j'ai eu beau le sommer de redescendre… Vous savez comme il n'en fait qu'à sa tête, surtout quand il y a un oiseau dans l'équation !

— Bon, ne vous tracassez pas, ma p'tite Martine, je vais aller le chercher notre Pilou !

Quelques minutes plus tard et quelques mètres plus haut, Sarah réalisa néanmoins que l'affaire s'engageait mal lorsqu'elle commença à sentir la tête lui tourner. Elle vit alors le chat déambuler de branche en branche, passer à côté d'elle et redescendre jusqu'au sol en se frottant tranquillement aux jambes de sa maîtresse.

— Bon, ce filou de Pilou est descendu, ne manque plus que vous, Sarah !

— Martine, je ne me sens pas bien. Je crois que je ne vais pas y arriver cette fois-ci.

— Bougez pas ma p'tite Sarah, je m'en vais appeler les pompiers, ils vont vous sortir de là !

— Mais vous savez bien que dorénavant, ils ne se déplacent plus pour les chats dans les arbres ! C'est d'ailleurs pour ça que je m'y suis risquée moi-même !

— Oui mais vous n'êtes pas un chat tout de même !

— Oui, vu comme ça...

Sarah se représenta la scène où les pompiers la trouveraient agrippée dans l'arbre avec le chat la guettant d'en bas. Le monde à l'envers !

Il faut croire qu'ils prenaient son cas au sérieux car elle entendit rapidement la sirène des pompiers retentir dans sa rue et on ne tarda pas à installer une grande échelle contre son arbre.

— Restez tranquille mademoiselle. Je viens vous chercher. Comment vous appelez-vous ?

— Sarah.

— Bon ok, Sarah, moi, je m'appelle Samuel, je suis pompier et je suis là pour vous aider à redescendre en sécurité. Ça va, pas trop la tête qui tourne ?

— Ça va mieux depuis que vous êtes arrivé.

— Oui, je comprends. Bien sûr. Vous avez voulu sauver le chat de votre voisine, c'est ça ?

— Oui, celui qui est redencendu tout seul, il y a un quart d'heure !

Le pompier rit de bon cœur et arriva juste en dessous d'elle.

— Ok, je vais encore monter un peu et me glisser derrière vous et nous allons progresser petit à petit, barreau après barreau, vers le sol. Ok Sarah ?

— Oui, d'accord Samuel.

Une fois le corps du pompier contre le sien, elle ressentit un profond soulagement d'être prise en charge et de pouvoir se reposer sur lui, au sens propre.

— Ok, maintenant un pas après l'autre. Voilà, super, vous vous débrouillez très bien, Sarah. Continuez comme ça, à votre rythme.

Ils procédèrent lentement, par palier. Elle sentait ses jambes flageoler par moment et était reconnaissante envers cet homme et sa patience. Seul, il serait déjà arrivé en bas depuis vingt bonnes minutes !

Il posa le pied à terre en premier pour la réceptionner et leva les yeux vers elle. Sarah, qui regardait à présent vers lui, reconnut alors son bel inconnu. Son sourire lui confirma que lui aussi ne l'avait pas oubliée.

— Alors, comme ça, on grimpe dans les arbres pour se faire sauver par les gentils pompiers ?

— Disons que je n'avais pas le choix puisque tu avais oublié de me demander mon numéro...

Ils dînèrent ensemble le soir-même. Un mois après, il emménageait chez elle. La princesse Sarah et son prince charmant – qui l'avait délivrée de son donjon végétal – glissaient insouciants dans la vie, main dans la main, le sourire confiant. Ils se postaient souvent à la fenêtre qui donnait sur la place du cerisier porte-bonheur. Samuel y montait volontiers chercher Pilou, si nécessaire. Il lui devait bien ça, non ?

Ma princesse égyptienne

♥

Elle est arrivée dans ce bar où je prends mon café tous les matins. Elle était apprêtée juste ce qu'il faut pour paraître naturelle mais à son avantage. Des petits cheveux tombés de son chignon banane jouaient à caresser ses joues tandis qu'elle parlait avec sérieux au téléphone, ponctuant sa conversation de gestes gracieux.

Elle s'était installée au fond et avait fait signe à Fred, le barman, avec des airs d'habituée des lieux qui prend toujours la même chose. Je fus de suite jaloux de cette intimité entre eux. Ce sourire tendre qu'elle lui offrit quand il déposa son café et son croissant dans cette petite corbeille ronde en osier. Elle jouait distraitement avec la chair de sa viennoiserie avant de la porter à sa bouche. J'aurais tout donné pour me trouver entre ses doigts puis dans sa bouche. Mon regard pesait sur elle, insistant. Aussi, décidai-je de parler avec Fred. Tous les stades de la météo y passèrent.

Et puis, brûlant de savoir, je lâchai :
— Et la fille là bas... C'est une habituée ?

Je ne l'ai jamais vue avant...

— C'est Sonia. Elle était partie vivre aux States. Mais elle est revenue depuis la semaine dernière, pendant tes congés.

Sonia. Ce prénom sonnait comme celui d'une princesse égyptienne, un talisman merveilleux. Je l'imaginais passant dans ma bouche...en boucle...enivré de plaisir. Les States. Une businesswoman – polyglotte sans doute – négociant avec ferveur de gros contrats. Une avocate émérite ou interprète dans une ambassade.

— Et que fait-elle dans la vie ?

— Elle est la femme d'un riche avocat qui travaille entre Paris et New York.

Fred salua quelqu'un dans mon dos. Je me tournai machinalement et suivis du regard celui qui vint déposer un doux baiser sur les lèvres de Sonia. Ma Sonia dont les prunelles s'embrasèrent instantanément. Pour un autre que moi. Je sortis en silence, incapable de dire à haute voix *adieu* à mes rêves de princesse égyptienne.

J'avais mis une jupe

♥

Nos grands-mères se sont battues pour ça, qu'il paraît ! Pourquoi ? Pour qu'on ne puisse plus porter de jupe sans se faire traiter de s... ? *En mai, fais ce qu'il te plaît.* Laissez-moi rire ! L'autre soir, je suis sortie avec des copines en boîte. Évidemment, comme il y avait marqué *servez-vous* sur le décolleté de Karen, ils ne se sont pas gênés, les mecs. Et puis, ils ont pris le supplément chantilly dans leur café gourmand en reluquant les cuisses de Julie, pour le même prix. *Là où y'a d'la gêne, y'a pas d'plaisir*, qu'il paraît ! Moi, je m'habille en pantalon, pour être peinarde. Résultat : soit on me traite de lesbienne, soit on me crache à la gueule que je suis pas assez féminine. Revers pervers de la médaille.

Un matin — c'était un lundi, je me souviens très bien — j'ai décidé de mettre une jupe crayon. Féminine mais sous la rotule. Compromis à mi-chemin entre ma vertu et mon sex-appeal. Toute la journée, les collègues m'ont complimentée sur ma tenue.

Le soir, j'ai pris le métro à l'heure de

pointe. Épreuve du feu. Là, j'ai croisé le regard d'un homme. Sublime. J'ai eu envie de lui. Je me suis faufilée à ses côtés. Ses yeux sont restés rivés aux miens. *En mai, fais ce qu'il te plaît.*

J'ai saisi sa main et l'ai entraîné sur le quai juste à temps, avant que les portes ne se referment. Il m'a avoué plus tard que, ce jour-là, il n'avait vu que mes yeux et qu'il y avait reconnu la femme de sa vie. J'avais mis une jupe mais il n'avait vu que mes yeux. Mes yeux de chatte.

Toi, mon merveilleux voyage

♥

J'ai souvent rêvé que tu m'appelais au travail, impératif et énigmatique :

— Rejoins-moi ce soir, dans notre bar. Emmène juste ton passeport, ta brosse à dents et ton grain de folie que j'aime tant. Cette nuit, je te ferai l'amour dans un autre fuseau horaire !

J'ai souvent rêvé de yeux bandés, de mots incandescents chuchotés dans ma nuque, enivrée par des parfums d'ailleurs. Des bruits de draps qu'on froisse. L'empressement de ton corps à me posséder. Et nos sueurs qui s'épousent, haletants et réjouis comme des enfants qui veillent à Noël.

J'ai souvent rêvé d'être ton plus beau cadeau d'anniversaire. Nue avec un gros noeud rouge, couvrant mon sexe. Que tu déballerais avec gourmandise dans de grands éclats de rire.

J'aurais pu te suivre jusqu'au bout du monde, jusque dans des contrées dangereuses, jamais explorées. J'aurais même pu te partager avec d'autres femelles ronronnantes, si le jeu t'eût amusé. Me laisser posséder et flirter avec mes propres limites.

J'aurais pu t'offrir le ciel, la terre. Devenir le vent qui te caresse et te berce ou la pluie qui glisse sur ton visage fatigué.

Mon amour, ce soir, je m'endors à tes côtés, ton corps chaud contre le mien. Demain, j'oserai te dire de me faire une surprise. Demain, je nous ferai ce cadeau et on pourra faire le même rêve ensemble.

Mon éternel jardin de printemps

*Elle était pâle, et pourtant rose,
Petite avec de grands cheveux.*
Victor Hugo

Elle s'appelait Rose. J'avais six ans la première fois que je l'ai vue. Son physique, de suite me fascina. Elle était petite avec de grands cheveux. Le teint pâle et pourtant rose, assorti à son prénom. J'imaginais qu'elle devait avoir l'odeur des jardins au printemps, pleine de promesses de jeux pieds nus dans l'herbe.

Elle se mit à rire et j'entendis dans ma tête, en fermant doucement les paupières qu'il pourrait un jour m'être destiné. Ce rire qui vous chauffe presque à vous brûler, soleil estival sur la plage de Biarritz. Un soleil qui fait bon et mal à la fois. Ses yeux souriaient sans cesse, semblant s'amuser d'un rien : une intonation de voix, un nuage en forme de cœur, un oiseau sautillant sur la branche, aperçu par la fenêtre de notre classe.

Elle était arrivée en cours d'année. Elle venait de Biarritz, justement. Je me surpris à réaliser que certaines personnes habitaient *vraiment* là-bas. Pour de bon, tout le temps ! Pas seulement pour les vacances... Je me dis que c'était peut-être cela qui la rendait si rayonnante : le fait de venir du pays du soleil, le pays des *vacances toute l'année*, le pays qui rendait heureux. Une parenthèse qu'on n'a pas à refermer en même temps que la valise et le coffre de la voiture de papa.

Je décidai immédiatement d'être son ami. C'était le but de mon année ! Moi aussi, je savais déjà lire, même si pas aussi bien qu'elle, alors j'aurais largement le temps de m'atteler à cette tâche devenue pour moi essentielle. Rose avait des gestes délicats mais des manières spontanées. Je me figurais que c'était son côté provincial.

Au bout d'un mois déjà, nous mangions côte à côte à la cantine et elle me prêtait sa corde à sauter à la récréation. Les autres garçons se moquaient ouvertement de moi car j'étais le seul garçon à jouer parmi les filles mais je savais qu'en leur for intérieur, ils crevaient de jalousie. Il ne pouvait en être autrement ! Elle était si ravissante, si aimable. Elle était la première à défendre l'importunée même si le bourreau faisait deux têtes de plus qu'elle. Elle avait cet élan du cœur qui me faisait monter les larmes. Je n'avais jamais vu une personne si soucieuse du chagrin de l'autre, si engagée dans ses émotions. Elle me bouleversait. Elle avait cette façon délicieuse d'ajouter, devant les prénoms de ses amis, le pronom personnel qui les ferait se sentir unique. Je me rappelle avec précision la première fois qu'elle l'avait employé pour moi.

— Oh, mon François ! Tu as partagé ton goûter avec ma Nicole. Comme tu as du cœur ! Tu remplis le mien d'une joie immense !

— Mais...mais...c'est bien normal..., avais-je bredouillé.

— Non, mon François. Toi, tu n'es pas... normal, tu es extraordinaire !

Avec cette phrase, Rose la fabuleuse, avait ouvert mon cœur en grand et souffler dessus, de la même manière que maman ouvrait les fenêtres de ma chambre chaque dimanche matin pour que je sente le souffle de la vie me caresser jusqu'à l'intérieur.

Ma mère chantait tout le temps. Elle avait une voix enchanteresse, une voix de bonne fée. Elle allait adorer Rose, j'en étais convaincue. Et elles chanteraient ensemble.

Les années passèrent et nous devinrent

réellement inséparables. L'été de nos quinze ans, c'est mon cœur qui chanta, avec les anges. Quand Rose posa ses lèvres sur les miennes, bijou délicieux scellant notre union. Mon cœur, habillé d'amour, n'aurait plus jamais froid. C'était certain. Nous étions à l'âge des toujours et des jamais, des instants au goût d'éternel.

Pour l'entrée au lycée, ses parents décidèrent de retourner *vivre en vacances* pour veiller sur la grand-mère de Rose. Des barreaux se refermèrent sur mon cœur en quarantaine. Ma mère avait beau me répéter les lettres et les appels que nous pourrions échanger, me vantant combien ce serait romantique, j'imaginais déjà sans mal ma Rose, ma Merveilleuse, cueillie par d'autres. Ensorcelée par des jeunes hommes gorgés de soleil au parfum plus exotique que son pauvre François des ciels gris.

Cependant, j'eus tort. Ses parents m'invitèrent à passer le mois d'août chez eux, dans leur maison donnant sur la plage. Nous vécûmes nos premiers émois du corps, brûlants comme le désir qui se découvre et s'empresse. Puis de vacances en vacances, elle vint à la maison. On avait nos rituels, le téléphone, les lettres. Force est de constater que ma mère avait raison. Avait-elle donc aimé de cette manière? À cet âge incertain et maladroit des premières fois ?

Nous traversâmes les années lycée, non sans mal mais avec volonté et persévérance. Nous avions convenu que je ferais mes études supérieures à Toulouse ou Bordeaux et elle de même. Enfin, se retrouver, un nid à deux au soleil. Une parenthèse toujours ouverte, comme nos bras, nos cœurs et nos corps.

Je pense souvent à cette époque. Je me sentais tellement vivant et absolu que j'aurais pu prendre la route à pied pour la rejoindre sur un coup de tête, une urgence intérieure quand les filles autour de moi se faisaient plus insistantes ou que je la sentais, elle, plus lointaine.

Nous avons tenu promesse, avons emménagé dans la ville rose, qui lui était prédestinée, bien entendu. Nous fûmes si heureux dans notre royaume fait de briques et de balades le long de la Garonne. Nous étions enfin ensemble, tous les jours. Rien ne pouvait plus nous séparer désormais. Je décrochai mon premier job au théâtre de Toulouse comme régisseur, un autre rêve exaucé. Rose obtint son diplôme la semaine suivante avec mention. Tout semblait nous sourire maintenant que nous étions réunis. Elle tomba enceinte deux ans plus tard. J'avais entre-temps décroché mon CDI et elle travaillait pour plusieurs maisons d'édition en tant que traductrice. On commençait à la recommander.

Nous eûmes trois beaux enfants. Un garçon suivi de près par deux filles, des jumelles. Des *vraies*.

Nous vivons à Toulouse, encore aujourd'hui. La vie a coulé le long des berges de la Garonne et nous l'avons admirée tandis qu'elle nous comblait de toutes parts.

Je me demande souvent ce qui serait arrivé si j'avais renoncé à lui écrire, à l'aimer de loin en loin, toutes ces années de jeunesse où les tentations et la facilité sont plus promptes à nous séduire. Rose est toujours aussi éblouissante. Simplement, sa peau conserve la trace de tous nos bonheurs passés. Elle rit toujours comme si la vie lui réservait une surprise ou si elle découvrait encore de nouveaux trésors. Quant à moi, la regarder vivre, respirer, sourire à mes côtés me comble plus que n'importe quelle aventure ou voyage incroyable. Mon voyage le plus fou fut celui d'aimer ma femme, cette fleur sauvage et délicate, durant toute ma sainte existence.

Aujourd'hui, nous savons tous deux que Rose est condamnée par cette fichue maladie mangeuse de souvenirs. Nous avons décidé de nous endormir main dans la main et ainsi de partir ensemble au pays de nos rêves de *toujours* et de *jamais*.

Elle prépare le thé, je porte le plateau que je pose sur ma table de chevet. Elle touille avec soin le contenu de nos tasses, comme un philtre d'amour. Nous les posons et nous embrassons tendrement. J'inspire une dernière fois son odeur, l'odeur de mon aimée, mon éternel jardin de printemps.

— Fais de beaux rêves, mon François, mon amour...

— Toi aussi, ma Rose, ma Prodigieuse. À tout à l'heure, dans nos rêves.

On aura tout vécu ensemble, par amour. Même mourir.

Le bus numéro 23

♥

Je me souviens. Nous sommes le deux mars. Les oiseaux batifolent déjà dans les branches des prunus, faisant tomber une pluie de pétales roses pâle sur le trottoir.

— Ils sont en avance cette année, je songe, attendri.

Le bus n'est pas en avance, lui. Je prends la ligne vingt-trois tous les mardis matin pour me rendre au marché, habitude gardée de ma vie d'avant dans laquelle ma femme était encore de ce monde. J'aime admirer les couleurs des étals, écouter les maraîchers vanter les mérites exceptionnels de leurs produits et les parfums des viennoiseries qui vous cajolent les narines jusque loin après. Je sors peu sauf pour me rendre le dimanche midi chez ma fille Catherine et aussi pour jouer aux échecs au parc les lundis après-midi avec cette canaille d'Hector. Il triche et m'invente chaque semaine une nouvelle règle.

Je laisse glisser mon regard sur l'enfilade des rues, des gens que le hasard me fait croiser. Une dame à la coiffure rose extravagante portant son petit chien pour traverser, un jeune garçon ébouriffé qui slalome tel un serpent sur sa trottinette, un homme sérieux en imperméable beige qui retient comme il le peut son parapluie dansant dans le vent.

— Un personnage tout droit sorti d'un *Jacques Tati* !

— Oui ou des *Monty Python*! propose une voix féminine.

Je lève les yeux et les pose sur cette drôle de petite dame qui m'offre un sourire amusé. Elle découvre ma mine renfrognée et porte la main à son visage pour couvrir sa bouche.

— Pardon, je ne voulais pas vous importuner... s'excuse-t-elle

— Non, c'est que... je pensais avoir parlé plus bas... Dans ma tête, à vrai dire. Je rougis. *Simplet* dans *Blanche-Neige*.

— Oh, vous savez, ça arrive à tout le monde ! confesse-t-elle dans un petit rire qui sautille.

Elle s'appelle Maria, elle aussi est veuve. Tout ça, je l'ai su plus tard. Elle porte toujours un joli chapeau cloche en velours rouge qui souligne à la perfection son air émerveillé. Une *Amélie Poulain* version senior. D'ailleurs, elle fut certainement brune elle aussi, à l'instar de ses sourcils étonnés, qu'elle lance en réponse au spectacle défilant derrière la vitre. J'imagine ce que ses mains racontent : l'amour, le travail, la caresse des étoffes sous ses doigts, le claquement régulier de la machine. Je me la dessine, travaillant jusque trop tard dans un atelier du sentier. Est-elle juive, italienne ? Je n'ose lui demander. La semaine prochaine peut-être ?

Tous les mardis matin, nous nous retrouvons à la même heure, au fond du bus numéro vingt-trois. Je lui garde une place à côté de moi puisque je monte trois arrêts avant elle. Trois interminables arrêts les jours d'impatience ou de doute mais qui se font minuscules sitôt qu'elle me rejoint. Quand le doute m'étreint et que j'imagine qu'elle pourrait cette fois-ci ne pas monter, mon cœur s'affole tel moineau en cage à l'idée de ne plus jamais la revoir. Insoutenable pesanteur.

Elle a une fille – Solange – chez qui elle mange elle aussi les dimanches midis.

On se divertit en critiquant les jeunes pour *de faux*. On se jette des regards brillants, comme les sales gosses qui se disent des gros mots sous les nappes trop longues des mariages. Au fond, nous savons très bien elle et moi que nous ne sommes pas de ces vieux cons nostalgiques dont les mémoires sublimantes se racontent de beaux rêves perdus.

Entre chaque mardi, je me plais à rêver à sa vie. Le parfum de son thé préféré, la couleur de sa théière. A-t-elle des plantes ? Un chat ? À qui elle demande sans cesse comment il va, à l'image des gens seuls qui ont besoin de se préoccuper d'autres que d'eux-mêmes ?

Chaque mardi, j'ai mille questions qui se bousculent. Et chaque mardi, elle monte, s'agrippe à la barre quand Gérard redémarre en trombe et je viens à sa rencontre, faisant mine de la rattraper. Si seulement ! Elle me regarde et j'oublie tout : mes questions, ma vie d'avant, ma vie d'après. Sa voix et son léger accent me font voyager au cœur d'aventures dont je serais le héros. Je connais son avis sur l'écologie, son opéra préféré – *Carmen* – sa pointure de chaussures, sa saison préférée – le printemps – mais j'ignore son nom de famille, ses origines, son adresse, son âge. Elle me fascine.

Maria, douce Maria, qu'aurions-nous vécu si nous nous étions connus à vingt ans ? Je t'aurais fait l'amour partout, tout le temps. Je t'aurais emmenée dans tous les pays du monde et t'aurais offert des foulards, du parfum. J'aurais fait toutes ces choses que j'ai regrettées n'avoir pas faites avec et pour ma femme. L'aimer. Éperdument. Jusqu'à quel âge tombe-t-on amoureux ?

Nous sommes le mardi trois avril. Déjà un mois. D'un accord tacite, nous nous séparons systématiquement au sortir du car. Je la suis et la caresse souvent du regard, pas plus. Aujourd'hui, j'ai décidé de lui proposer d'aller boire un café. Je me sens comme un adolescent. J'ai mis beaucoup trop de parfum. J'en ai remis in extremis en quittant mon appartement avant de me souvenir que j'en avais déjà mis après la douche. J'ai même parfumé mon peigne, comme les mafieux italiens.

Pour une fois, je prie que le bus soit en retard pour que les effluves de mon eau de Cologne aient le temps de s'évanouir sous l'abribus.

Je monte et me réjouis que *notre* place soit libre. Je me mets côté couloir et pose ma casquette sur le siège côté fenêtre, *le sien*. Mentalement, je répète une énième fois mon texte appris par cœur devant la glace. Je veux que tout soit parfait, comme dans les films avec Humphrey Bogart qu'elle aime tant. Le bus expire, ouvre ses portes et je réalise que nous sommes déjà à son arrêt. Mon cœur s'emballe comme si j'avais couru après le bus, justement. Je souris, songeant que cela ferait une autre scène magnifique, d'un romantisme inouï. Les portes se referment, mon cœur bondit et mes yeux la cherchent. En vain. Elle n'est pas là. Je me raisonne, il y a beaucoup de monde, elle est petite, sans doute ce gros monsieur au chapeau gris me la cache. Mais non. Celui-ci s'approche et laisse le vide derrière lui. Ma déception puis mon inquiétude s'y engouffrent. Je refuse machinalement que quelqu'un s'installe à *sa* place, comme s'il était possible qu'elle monte au prochain arrêt. Elle ne montera pas, évidemment.

Et là, imbécile, amoureux de pacotille, éternel débutant, je réalise que je ne sais rien d'elle. Son nom, son adresse ou même sa rue. Rien. Je connais le prénom de sa fille, l'arrêt où elle monte tous les mardis, sa couleur préférée, le plat qu'elle réussit le mieux. La belle affaire ! Terminé, les scènes de films, celles qui finissent bien. *T'as loupé ta chance, mon Jeannot !* Et voilà, adieu les voyages, les écharpes tricotées avec amour. *Trop tard, Humphrey !*

Je descends du bus et erre dans le

marché. Je souris mécaniquement en réponse à Robert, mon boucher qui m'interpelle. J'avais trouvé ma destination, ma boussole, un rêve à atteindre et partager. Plus rien. Envolée la colombe. Je m'assieds sur un banc et laisse mon regard s'accrocher au hasard. Une fleuriste marche d'un bon pas les bras encombrés de fleurs jaunes, des narcisses. *Ses préférées*. Et je me gifle ! Si fort que la dame aux volailles à côté sursaute avec un cri en forme de fusée qui décolle.

Non. *Non de non de non* ! Ressaisis-toi mon Jeannot ! Tu l'aimes ? Eh ben, tu vas la retrouver. En tout cas, tu vas tout faire pour ! Chez les Morizet, on n'abandonne jamais avant d'avoir essayé ! Alors, t'y vas ! Je demande à *Mme Pintade* un bout de papier. Elle me dévisage comme si je l'avais demandée en mariage.

— Le papier pour emballer vos poulettes, ça fera parfaitement l'affaire, je précise aimablement.

Elle opine et sourit la bouche de travers. Je lisse ma feuille comme on installe sa serviette sur les genoux dans les grands restaurants, ceux où elles sont encore en tissu. Dès que je t'aurai retrouvée, je t'emmènerai dans un endroit comme ça ;

où le serveur prend ton manteau et te tire la chaise. On se sent importants dans ce genre d'endroit et je veux qu'elle sache combien elle est importante.

Je commence à lister les lieux dont on a parlé, je balaie le quartier du regard avant de remonter dans le bus et note les commerçants susceptibles de la connaître. J'irai les voir demain. Je veux commencer par son arrêt à elle. J'y descends. Soudain, je me dis que tout va s'arranger, que je vais bêtement la croiser dans la rue adjacente à celle du bus et on en rira. Je sens mon cœur qui accélère de nouveau, mes yeux la cherchent. Peur qu'elle soit tout près et qu'elle m'échappe. Comme dans les films, ceux qui finissent mal. Elle n'est nulle part et n'importe où. Et s'il lui était arrivé malheur, un malheur irréversible ? Non, non Jeannot, la vie ne peut pas te faire ça : te la donner puis la reprendre, comme un jouet trop cher qu'on n'a juste le droit d'admirer dans la vitrine et *pfiout*, disparu !

Les jours suivants, je mène mon enquête dans ce que j'imagine être son quartier. Sans succès. J'attends autant que je redoute le mardi suivant. J'imagine qu'elle monte dans le bus. Je ferme les yeux dans mon lit le soir et la revois, sa main gantée frôlant la mienne tandis que le bus la chahute en redémarrant. Cette gêne exquise des premiers émois partagés en silence. J'ai lu un article sur le pouvoir de la visualisation positive. Qui aurait cru que je m'adonnerais à des pratiques quasi mystiques par amour ! Et si elle n'apparaissait pas, et si elle n'apparaissait plus ? Ah non, interdit de me morfondre avant d'avoir usé toutes mes cartouches !

Seulement, ce dernier mardi, elle ne monte pas non plus. Alors, j'abats ma dernière carte avant de me déclarer vaincu. Je me souviens que Maria m'a dit avoir conservé l'abonnement au journal *Le Monde* de son mari. Avant, il lui faisait la lecture des pages *Culture* à voix haute. À présent, elle se la faisait toute seule.

— Seulement, vous voyez, c'est un peu comme les massages, lui avait-elle expliqué, à faire soi-même, ça fait du bien mais ça laisse quand même un petit goût d'inabouti.

Je me rappelle avoir rougi à cette remarque. En rentrant à la maison, je téléphone au journal. Je tombe sur un répondeur automatique qui me donne l'adresse de leur site. Je ne me démonte pas et décide de mettre à profit les leçons d'informatique de mon petit-fils Une fois sur leur site, je clique sur la rubrique *petites annonces. Publier une annonce.* Je reste un moment devant l'écran, cherchant dans ma sale caboche des mots qui n'existent pas pour décrire ce que je ressens. Je finis par opter pour l'informatif conjugué à la douceur :

Ma chère Maria, Je t'attendrai chaque mardi à neuf heures précises à ton arrêt de bus de la ligne vingt-trois. J'espère t'y retrouver bientôt, Ton Jeannot.

J'inspire, clique sur *envoyer* et expire.

Maintenant commence une longue période où il ne me reste plus qu'une chose à faire, interminable et insoutenable : *attendre.*

Attendre mardi prochain et probablement le suivant. J'ai souscrit à une publication sur un mois. *En amour, on ne compte pas.* Le mardi suivant, rien. Celui d'après, idem. Et mercredi dernier, je reçois un mail d'un expéditeur inconnu.

Mon cœur tressaute avant que je n'aie eu le temps de déchiffrer le nom en

@minusculestoutattachés.

J'ouvre le mail et découvre ce que *solange75@gmail.com* m'a écrit :

Cher monsieur Jeannot, ma mère Maria a découvert hier en début d'après-midi votre annonce dans Le Monde et s'y

est reconnue. Elle me fait vous dire qu'elle est encore souffrante mais que vous pouvez la joindre chez moi au numéro ci-après. Elle est très impatiente de vous entendre.

Ça y est. Je l'ai retrouvée ! J'ouvre la fenêtre et les bras, balançant mon sourire et ma joie au monde. Merci *Le Monde*. Ma sirène repêchée dans ces lignes qui salissent les doigts et font *fchitt fchitt* quand on les tourne. Quelques lignes, une bouteille dans l'océan parisien.

Et alors me reviennent les paroles de Jeanne Moreau : *quand on s'est connus, quand on s'est perdus de vue...quand on s'est retrouvés.*

Le *tourbillon de la vie* ne faisait que commencer mais je savais d'ores et déjà que j'y danserai avec elle et d'un pas léger. Comme dans les films !

Sommaire

- ♥ Souviens-toi .... Page 11
- ♥ Ils vécurent heureux et eurent beaucoup de souris .... Page 13
- ♥ Des ronds sur ses i .... Page 19
- ♥ Cocher la bonne case .... Page 25
- ♥ Leurs étoiles .... Page 33
- ♥ Il ne parlait pas trop .... Page 43
- ♥ Que quelque chose lui arrive encore .... Page 47
- ♥ Sauvetage .... Page 51
- ♥ Ma princesse égyptienne .... Page 59
- ♥ J'avais mis une jupe .... Page 61
- ♥ Toi, mon merveilleux voyage .... Page 63
- ♥ Mon éternel jardin de printemps .... Page 65
- ♥ Le bus numéro 23 .... Page 73
- ♥ Remerciements .... Page 85

Quelques mots d'amour...

MERCI à toi cher lecteur, chère lectrice, d'avoir osé acheter et lire une auteure indépendante. Merci pour tes mots doux pour me dire combien tu aimes mes histoires. Merci à toi chère chroniqueuse (et @book_by_tom aussi !) pour le temps et la passion que tu mets à lire et parler de mes livres.

Immense MERCI à la vie, à l'univers à qui j'offre ma plus grande gratitude d'être ici, maintenant, moi-même.

Tout est parfait.

PS : les histoires d'amour comme dans les films existent : *j'ai rencontré mon mari il y a 18 ans dans le train (je devais prendre l'avion mais Air France a fait grève et mon mari ne s'est pas assis selon son numéro de billet). « Il n'y a pas de hasard, que des rendez-vous ». Alors, il FAUT Y CROIRE ! Okay ?*

Je vous embrasse, vous câline, vous AIME GRAND

& caetera.♡♡♡

Ma plus belle histoire, c'est la nôtre

Pour continuer à écrire notre histoire

cecileblancheauteur@yahoo.com

Facebook : Cécile Blanche Ecrivain

Instagram : @cecileblancheauteur

www.cecileblanche.com

Soutenez les auteurs indépendants !

Chers lecteurs, vous ne le savez peut-être pas mais ce sont (aussi) vos commentaires sur Amazon qui font connaître nos histoires en leur donnant une meilleure visibilité au milieu de la jungle d'Internet. Alors, merci à ceux qui prennent cinq minutes pour écrire leur ressenti après leur lecture. C'est précieux. Nos histoires existent grâce à vous !

Où acheter mes livres

Tous mes livres sont disponibles sur Internet (BoD, Fnac, Decitre, Cultura, Amazon) et en commande chez votre libraire préféré.

Pour les exemplaires dédicacés pour (vous) offrir un cadeau, merci d'envoyer votre demande par mail à :
cecileblancheauteur@yahoo.com

J'avais prévu *autre chose*
Et si le hasard faisait bien les choses ?

Chloé, la trentaine, se définit elle-même comme handicapée : maladroite, timide & immature. Elle s'appuie beaucoup sur les hommes de sa vie pour rester en équilibre. D'abord Marc son père, puis son meilleur ami Alek & enfin, Daniel l'homme de sa vie & futur père de ses enfants. Alors, quand il sort brusquement de sa vie, sa bonne humeur en prend un coup !

Heureusement, ses amis l'entourent, l'écriture de son roman l'occupe & bien des surprises l'attendent.

Avec humour & authenticité, Chloé nous livre ses fêlures, ses merveilles, ses petites victoires & ses rencontres.

Des milliers de lecteurs conquis !

"L'auteure touche, captive l'attention, émotionne, tient le lecteur dans l'enthousiasme à chaque instant, d'une tranche de vie. Addictif !"
"Une ode à la vie, une porte vers l'espoir & la confiance en soi"
"Un super roman feel good. À dévorer !"

DANS MON CŒUR chantent les étoiles
Et vous, qu'avez-vous fait de vos rêves ?

Un roman feel good pour rire, s'émouvoir & grandir
Et vous, qu'avez-vous fait de vos rêves?

C'est une histoire de femmes et de chutes, façon dominos. D'abord celle de Denise, la voisine octogénaire, fille spirituelle de Gandhi et Coluche. Celle d'Alice presque quadra en plein burn out, qui part à la recherche de ses rêves de jeunesse, au risque de tout perdre en chemin. Il y a aussi sa fille Lucie qui construit les siens en plein cœur de sa crise d'adolescence. Et enfin Héléna, italienne ascendant sophrologue qui, à peine débarquée chemin des bleuets, saupoudre tout ce joyeux bazar d'étoiles et d'espoir.

C'est leur histoire, la mienne, la vôtre. Celle de femmes qui se soutiennent, s'aident à grandir et prennent des risques pour incarner le changement qu'elles veulent voir dans le monde.

★

« *On retrouve tous les ingrédients, la "patte" Cecile Blanche : une histoire forte, des personnages attachants, à la psychologie bien travaillée et de l'humour, beaucoup d'humour.*
Je pense qu'Alice parlera à beaucoup de femmes, dans sa globalité ou dans ses particularités. Je n'en dis pas plus. Chaque personnage est singulier. J'ai passé un super moment de lecture avec chacun d'entre eux, je ne peux que vous conseiller de découvrir cette histoire qui porte l'espoir en étendard » - **Georgina Tuna Sorin**

« *C'est une histoire de femmes. De toutes les femmes. Ces femmes que l'on croise dans la rue sans se demander ce qu'elles ont dans le cœur. Cecile se l'est demandé, et nous en livre une interprétation toute en émotions et en sensibilité. Laissez vous prendre par la main et entrez dans leurs maisons, dans leurs histoires, dans leurs joies et leurs chagrins. Et n'hésitez pas à attraper quelques étoiles au passage* » - **Martine Foucard**

J'ai toujours rêvé
Où finit le songe et où commence la réalité ?

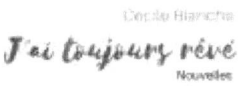

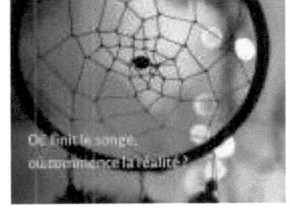

Recueil de nouvelles

Parce qu'on dort,
Parce qu'on est dans la lune,
Parce qu'on se berce d'illusions,
Parce qu'on n'ose pas,
Parce qu'on s'est perdu en route,
Parce qu'on ne peut plus pour de vrai,
Parce que c'est trop dur, en vrai,
ON RÊVE.

Et vous, êtes-vous sûr d'être bien réveillé ?

Et pour ceux qui aiment grandir...

Je vous présente ma collection *12 mois pour moi*
Une collection de douze carnets pratiques (développement personnel) avec un carnet et un thème chaque mois. Des méditations guidées, des exercices d'art thérapie, des citations et des histoires à méditer.

<u>**NB :**</u> toutes les **versions audio des relaxations** de mes carnets sont **en écoute libre** sur mon site d'auteur :

www.cecileblanche.com

Pour découvrir mon activité de thérapeute :
<u>www.sophrograndir.com</u>

Premiers chapitres offerts pour goûter...

J'avais prévu *autre chose*

1 – Chute

La plus grande gloire n'est pas de ne jamais tomber
mais de se relever à chaque chute
Nelson Mandela

On sait toujours quand une histoire commence. Mon histoire avec Daniel a commencé grâce à ma maladresse légendaire et, indirectement à Helen, mon agent littéraire.

Elle avait réussi à me traîner – littéralement – à une de ces soirées mondaines dans lesquelles je me sens toujours aussi à l'aise qu'un lapin de garenne dans les phares d'une voiture. Vous savez la panique en forme de zigzag où on se dit: Vite! où est la sortie?!

— Chloé, ça fait partie du métier de se montrer un peu...

— Mais Helen, tu sais bien quel supplice c'est pour moi...! Fais-moi un mot d'excuse, invente-moi un virus ultra contagieux!

— Ne sois pas si sauvage, ma chérie... C'est important de prendre sa place dans ce milieu.

Sors de ta coquille! Tu pourrais même rencontrer quelqu'un... un homme...dans ce genre d'endroit... Ça aussi, ça te ferait du bien! Au lieu de passer tes soirées avec ton chat, comme une..

— ... vieille fille de trente ans, je sais ! Piquée par son dernier argument, j avais fini par abdiquer !

C'était le vernissage d'un jeune peintre en vogue. Je me dis trop tard que j'aurais pu y convier Alek, mon meilleur ami. Lui, se serait à coup sûr régalé au milieu de tous ces gens au sourire composé et à la logorrhée creuse ! Il a le don de la réplique, se fondant dans n'importe quel décor: Aussi apte à rire grassement aux blagues de son voisin routier qu'à disserter sur le devenir des bébés pandas avec une Brigitte Bardot au chignon révolté ! Néanmoins, je raffole immédiatement de l'endroit.

Cette biscuiterie désaffectée depuis début quatre-vingt borde le fleuve avec élégance et envergure.

Elle a su attendrir un investisseur d'origine française dans les années quatre-vingt-dix qui, au terme de travaux considérables, l'a ré-enchantée , la réhabilitant en un centre culturel où se trouvent désormais un café, un restaurant, un espace d'expositions et de spectacles ainsi qu'une librairie et une boutique.

Cette imposante bâtisse du début vingtième est coiffée d'une verrière gigantesque, lui donnant des airs de Grand Palais parisien. Ce chapeau de verre nous permettrait sans doute d'admirer les étoiles si nous n'étions pas en plein cœur de Londres.

De grands volumes tissés en métal, des loggias abritant œuvres et confidences, structurés de façon à en conserver la magnificence sans jamais se sentir engloutis par cette grande tarentule de fer. Quelques apostrophes colorées finement réparties dans l'espace lui évitent de se montrer inhospitalière. Ses larges colonnes métalliques auréolent des façades vertigineuses recouvertes de fresques post-modernes. Les sols en béton ciré évoquent sobrement ses origines industrielles. Éblouissante !

Docilement, je m'étais d'abord prêtée avec Helen au jeu *Tu te souviens de Machin?* Elle m'avait présenté la moitié des convives, me tractant derrière elle d'une constellation à une autre. De quoi me perdre une fois de plus dans la galaxie humaine. Même si j'y piochais volontiers des mots, des attitudes, des visages pour mes futures nébuleuses littéraires!

Je pensais naturellement à *mon Gers* et sa voûte céleste. Comme c'était loin de moi ce soir... Pas seulement la distance à parcourir mais la sensation d'être sur une tout autre planète; où les gens se prennent pour des étoiles, des lumières, faute de pouvoir goûter à la contemplation du ciel et y gagner l'humilité que confère la conscience d'être petite poussière.

Mon père dit que humilité vient de *humus, terre* en latin. Être humble, c'est revenir à la terre. Cela s'apparente pour lui à une prise de conscience de sa condition et de sa place au milieu des autres et de la grandeur de l'univers.

À présent, j'étais lasse de tout ce cirque...

Je dégustais un excellent vin - je parierais pour un Bourgogne - mon lot de consolation dans cette sauterie assommante ! Mon verre pour seul compagnon, je me demandais sous quel prétexte crédible Helen concéderait à me libérer de mes obligations quand je perdis l'équilibre !

Autre supplice pour moi: les chaussures à talons ! Mais *qui* a inventé cet engin de torture ! ? Aujourd'hui, à 34 ans, le mystère des femmes déambulant avec aisance perchées sur leurs échasses reste entier. Claudia, ma meilleure amie, a beau me dire que c'est une question d'entraînement...rien à faire ! Je suis toujours aussi empotée ! Dans mon malheur, cet accessoire ne m'est pas indispensable avec mon mètre soixante-douze. Allez savoir pourquoi je m'évertue malgré tout régulièrement à retenter l'expérience, comme ce fameux soir:

1) L'envie de faire plus *femme* 2) le goût du défi 3) la nécessité de quitter mes éternelles Converse pour les événements officiels ? Je vote pour le numéro trois.

Je n'eus pas vraiment le loisir de m'apitoyer plus longtemps sur mon sort puisque je m'aperçus que ma cascade avait fait des dégâts collatéraux. En effet, pendant que je m'employais à retrouver une stabilité posturale, j'avais renversé mon précieux nectar sur mon voisin le plus proche: Daniel.

Un malheur n'arrive jamais seul. Encore un handicap non reconnu par la société: la maladresse !

Si c'était le cas, j'aurais la rente à 100% et *ad vitam aeternam*.

Je ne compte plus le nombre de situations

qui ont viré au drame pour ce motif !

Un entretien avec un journaliste dans un bar pour la sortie de mon premier roman: Il pleut *des chats et des chiens* - ou *des cordes* en France -. Je suis en retard.... Je trébuche - même en Converse, je suis cap ! - , arrivant de ce fait ruisselante et haletante au rendez-vous... Le comble du glamour !

Une séance photo pour un célèbre magazine: je renverse mon café sur le chemisier blanc à deux mille livres, prêté pour l'occasion par une grande marque.. !

Si ça continue, je vais finir par être plus populaire pour mes balourdises que pour mes publications...Pitoyable.

DANS MON CŒUR chantent les étoiles

Prologue

21 juin 2019

Tout s'est accéléré en novembre dernier, à la chute de Denise. J'ai perdu pied. Je ne voulais pas voir. Les nombreux signes. Ma nouvelle voisine dit que la vie nous envoie souvent des alertes. Par le corps, par un vieil ami qui refait surface, par des cadeaux déguisés en mauvaises nouvelles. Le hasard, j'étais de celles qui y croyaient.

Mais ça, c'était avant. Quand j'étais encore endormie. Incapable de voir que je coulais. Paradoxalement, je me suis réveillée quand j'ai commencé à avoir du mal à dormir. Denise est tombée et, peu à peu, moi avec. Jusqu'à donner un grand coup de pied au fond de l'eau et là, j'ai émergé.

Aujourd'hui, c'est mon anniversaire.
Pour cette occasion spéciale, je me suis offert le plus beau des cadeaux. Aujourd'hui j'ai quarante ans et, de nouveau, dans mon cœur chantent les étoiles.

Une partie de l'adolescence réside dans ce sentiment qu'il n'existe nulle part personne qui vous ressemble assez pour pouvoir vous comprendre.
John Irving

C'ETAIT toujours le même bazar à la rentrée ! Alice avait beau prendre des résolutions du fond de son hamac dans les Landes, elle arrivait le jour J avec une liste longue comme le bras, les bras chargés de dossiers à essayer de trouver ses clés d'une main et d'ouvrir le coffre de l'autre.

Lucie, sa fille aînée, la toisait tel le chat observe la souris se débattre, coincée entre ses griffes. Mépris mêlé d'amusement. Elle finit par lui ouvrir le coffre, visiblement excédée.

— Et sinon, faire deux voyages au lieu de galérer en mode contorsionniste ? Non ?

— Oui, oui, c'est toi qui as raison. . Je veux toujours gagner du temps et au final, j'en perds !

— Si tu pouvais utiliser la Force[3], t'aurais plus ce genre de problème, Mams ! ponctua Gabin, le cadet, en s'installant à l'arrière.

Lucie pianotait, telle une araignée qui tricote, sur le clavier de son téléphone, entre deux éternuements sonores.

— À tes souhaits, ma chérie !

— Ma-man !! Ça fait cinq fois que tu me

---

[3] Dans l'univers de Star Wars, la Force est un champ d'énergie s'appliquant à tous les êtres vivants. La Force donne à ceux qui y sont sensibles différents pouvoirs.

rabâches ta formule. Je te rappelle que je suis a-ller-gi-que !

— À quoi ? À la politesse de ta mère ? Ma puce, bien sûr que je sais que tu es allergique. Et alors ?

— Tu vas vraiment me balancer à tes souhaits à chaque fois ?

— Et pourquoi pas ?

— Parce que ça me gave ! Et ça sert à rien ! Ils se réalisent jamais mes souhaits, de toute façon... Regarde plutôt la route, ça freine devant !

Alice décida de ne rien répondre et jeta un œil à Gabin dans le rétro.

— Alors, mon chéri, tu vas retrouver tes copains, tu es content ?

— Pff m'man, Gabin n'a pas de copain au collège, tu sais bien !

— Ce que je sais bien, c'est qu'avec toi comme sœur, il n'a pas besoin de langue puisque tu réponds systématiquement à sa place !

— Oui mais c'est parce que tu t'entêtes à faire semblant qu'il est sociable et que tout va bien et ça...

— Te gave ! Je sais ! Bon, tu me feras la liste des choses que j'ai le droit de dire et qui ne t'agacent pas. Vu qu'elle ne doit pas être bien longue, tu devrais pouvoir me la faire pour ce soir. Qu'en penses-tu, ma chérie ?

— Crise d'adolescence activée, je répète, crise d'adolescence activée, annonce Gabin avec sa voix de robot.

— Toi, le Stormtrooper, c'est toi que je vais

désactiver !

— Oh, quel dommage qu'on ne puisse continuer cette charmante conversation... Nous sommes arrivés ! Allez, ma puce, bonne rentrée quand même !

Alice mima un sourire niais et forcé tandis que sa fille chérie soufflait en refermant la portière avec sa douceur légendaire.

— Bon, on va peut-être pouvoir parler tous les deux sans être interrompus maintenant, hein, jeune Padawan?

— Mm, Mm.

Gabin ne leva ni le nez ni les yeux de son écran. *Angle mort.*

Alice soupira, raccourcit son sourire et se concentra de nouveau sur la circulation qui se faisait plus dense, tout en laissant son esprit retourner au bord de l'océan. Elle se laissa savourer quelques instants le silence. De ceux qu'elle affectionnait et qui laissaient place à d'autres espaces intérieurs.

Alice était une grande rêveuse d'un mètre soixante-cinq aux cheveux châtains et aux grands yeux noisette. Quand elle ne rêvait pas d'océan, elle était assistante bilingue dans une entreprise toulousaine, prestataire pour un grand groupe anglais. Elle prenait plaisir à se sentir utile et à barrer les lignes de ses innombrables listes.

Cependant, ce qu'elle aimait plus que tout, c'était ses deux enfants Lucie et Gabin, son mari Philippe et leur chat Hitchcock. Et tous – chat compris – adoraient Denise, leur voisine octogénaire, fille spirituelle de Gandhi et Coluche.

À bientôt...

www.cecileblanche.com